白鯨莫查迪克

路易斯·賽普維達 Luis Sepúlveda——著
馮丞云——譯　徐存瑩——繪

在智利沿岸與莫查島之間，
一頭月白色的抹香鯨。
背負著護送的任務，
人類步步近逼，血海之戰一觸即發……

晨星出版

作家——

路易斯 · 賽普維達（Luis Sepúlveda）

智利人，出生於 1949 年。

賽普維達，智利人，生於1949年。是著名暢銷書作家，其作品《教海鷗飛行的貓》（Historia de una gaviota y del gato que le enseñó a volar）已翻譯成四十多國語言，更於全球銷售逾五百萬冊。在台灣深獲全國教師與各界創作者之肯定。

賽普維達的名字常見於各大文學獎項之中，如西班牙文學殿堂的春天小說獎（Primavera de Novela Prize）、義大利塔歐米那文學獎（Taormina Prize），以及海明威文學獎（Hemingway Lignano Sabbiadoro Prize）等。

他早年積極參與學生運動，甚至是領袖之一。但礙於政變與後來智利的政權情勢，他不得已離開了家鄉智利。然而之後的逃亡生涯，奠定了他日後琢磨文思的基石，他輾轉經過了阿根廷、烏拉圭、巴西、巴拉圭，最後倚靠朋友落腳於厄瓜多爾。

後來他掌管法蘭西聯盟劇院，並成立一間戲劇公司，同時參與聯合國教科文組織（UNESCO）的考察活動，研究殖民對舒阿爾印地安人（Shuar Indians）文化的衝擊。考察期間，他與舒阿爾印地安人一同生活了七個多月，他因而了解到拉丁美洲是由多元的文化組合而成，他所以為的馬克思主義，並不適用於這樣一個仰賴自然環境生存的民族。

1982年，在成為新聞記者之後一年，因緣際會之下，他接觸了綠色和平組織（Greenpeace），並登上其中一艘船隊，隨船工作了五年。而後仍持續致力友善環境的工作，並成為綠色和平組織與各機構的橋樑。無論是與舒阿爾印地安人共同生活，抑或是參與綠色和平組織的活動，都對他日後的著作有著極大的影響與幫助。

在文壇，賽普維達素有「環保作家」的美名，其作品皆絲絲入扣於環境與人道議題，他善用動物的視角述說故事，拋開人類的思想軌跡，藉由動物的眼眸，為我們道出一篇篇感動人心的寓言篇章。

《教海鷗飛行的貓》

(*Historia de una gaviota y del gato que le enseñó a volar*)

《小米、小麥與小墨》

(*Historia de Mix, de Max, y de Mex*)

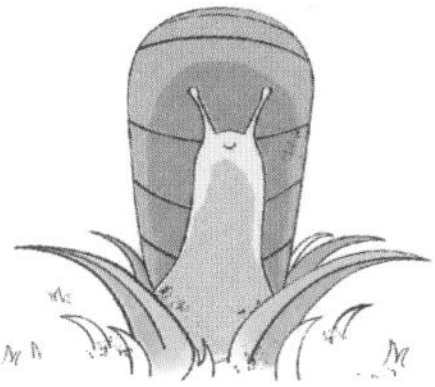

《蝸牛爬慢慢》

(*Historia de un caracol que descubrió la importancia de la lentitud*)

《忠犬人生》

(*Historia de un perro llamado Leal*)

《白鯨莫查迪克》

(*Historia de una Ballena Blanca*)

推薦序

乘著浪，聽鯨魚說故事

——童書推廣者 朱靜容

耳朵貼近貝殼時，我們將聽到……自己的心跳？大海的呼喚？還是某人的悄悄話？智利作家路易斯·賽普維達（Luis Sepúlveda）讓我們聽見鯨魚說故事。

著有《教海鷗飛行的貓》、《忠犬人生》等書的賽普維達，曾參與聯合國教科文組織綠色和平計畫工作，他一秉對生態環保議題的熱忱，在這部小說《白鯨莫查迪克》中，持續注入對動保關懷，爲生態出聲。

你知道美國作家赫曼·梅爾維爾（Herman Melville）的《白鯨記》（Moby

Dick）吧！書中白鯨形象，靈感實際上來自一條名爲莫查．迪克（Mocha Dick）的抹香鯨，牠於1810年在智利南部莫查（Mocha）海域第一次與捕鯨船對決起，自此展開長達四十八年的「鯨」「船」交戰，成爲當時捕鯨人最畏懼的噩夢。直至1859年被一艘瑞典籍捕鯨船捕獲時，身上還插著十九支標槍呢！

莫查．迪克爲什麼處處與捕鯨人作對？牠生來邪惡，還是時勢所趨呢？

有別於《白鯨記》從海上對峙切入，賽普維達以月白色抹香鯨爲主角，像「前傳」那般從莫查．迪克幼時訴說起，隨這頭雄性抹香鯨成長，直至化身成太平洋捕鯨人噩夢止，帶領讀者一同見證深淵之鯨崛起的肇因。

作爲海洋中最大型的哺乳動物，鯨魚對人類究竟會構成怎樣的威脅？答案是——「沒有！」可是，人類卻因爲貪婪、無厭的需求，而對鯨豚恣意濫捕，就像加重用藥劑量般，讓牠們產生抗藥性，終至衍生成爲海上可怕、致命的敵人，將捕鯨人全拉進大海「偌大的裹屍布」裡。

除讀到深淵霸主崛起的緣由外，梅爾維爾還採用了第一人稱。

在進行閱讀討論時，OPV是一項非常有趣思考方法。OPV-other people's view-其他人的觀點。也就是說：看待這則海上帝王的眞實歷史，運用OPV思考法：你會以誰的角度描述呢？

描繪這起十九世紀初的抹香鯨事件，梅爾維爾透過「人類」觀點，藉由皮庫德號唯一生還船員的口述，帶領讀者認識捕鯨行業，同時見證人心因「仇恨」而陷入執迷、盲目與昏愚的煉獄。

而賽普維達（Luis Sepúlveda）則選擇了莫查・迪克的視角，採用第一人稱形式，將這頭著名的雄性抹香鯨事蹟寫就成書。觀點一旦轉換，解讀事情的視野便產生不同景象與深度。

在《白鯨記》中，「魔比敵」（Moby Dick）總是以局部出場，如：背脊、朝空噴射的熱氣以及隱於洋面下駭人陰森的軀體……讓讀者用「窺看」方式製造神祕恐懼感。

可是賽普查維筆下的莫查·迪克沉靜、好奇、友善，例如：人們看見牠時驚呼「白鯨」，牠會欣喜地以尾鰭擺動熱情回應；一頭背中魚叉的雌性領航鯨痛苦呼喊時，牠透過眼神交流陪伴母鯨走至生命盡頭……

也因為以鯨魚當主要敘事者，作者透過莫查·迪克道出各種鯨魚的特徵與習性，如：藍鯨、領航鯨以「鯨歌」表達，抹香鯨則是以「滴答」聲招呼；幼鯨死亡時，母鯨會啣在口中，直至肉身碎裂，沉進深海……

更因為「第一人稱」的敘事方式，賽普維查的描寫節奏遂顯得舒緩延展，讓讀者宛若置身於汪洋大海中，隨著文句一波一波的浪浮浮沉沉。

來，請將耳朵靠向一顆鮑魚海貝，讓它悠悠訴說這段往事。

鯨魚出沒在
跳躍的水波間
窺探上帝。
鯨魚之眼見證了
上帝的形象。
～荷梅洛・阿里紀斯《鯨魚之眼》

Y las ballenas salieron
a atisbar a Dios entre
las estrías danzantes de las aguas.
Y Dios fue visto por el ojo de una ballena.
~ Homero Aridjis, 《El ojo de la ballena》

鯨魚的眼睛裡紀錄著從遠處
所看到的人類。守護著我們
不應知道的祕密。
～老普林尼《博物志》

El ojo de la ballena registra de lejos lo que ve en los hombres. Guarda secretos que no debemos conocer.
~ Plinio el Viejo, Historia natural

目錄
Contents

一、大海古老的語言 019
二、關於人類的回憶 027
三、白鯨的世界 033
四、從人類身上學到的 039
五、與另一頭鯨魚相遇 047
六、人類的動機 053
七、海中最大的祕密 061

八、莫查島與岸邊之間的生活 071
九、等待的時光 077
十、第一次接觸 083
十一、捕鯨人圍捕 091
十二、四頭老鯨魚 101
十三、最後一次說話 107
十四、大海說…… 119

一、大海古老的語言

二零一四年夏天早上，在南半球智利蒙特港附近出現一頭擱淺的鯨魚。那是一頭身長十五公尺的抹香鯨，身體呈現出一種奇怪的菸灰色，動也不動地躺在鵝卵石岩岸邊。

有些漁民認爲這頭鯨魚迷路擱淺而亡，其他人覺得可能是被大量海洋垃圾所毒死；在世界南端的灰暗天空下，我們圍繞在這巨大的海洋生物旁，以沉重悲戚的默哀向牠致意。

退潮的海浪輕輕沖刷著抹香鯨，大概兩小時後，一艘船來到附近下了錨，船上幾人帶著繩索跳進海裡，在鯨魚尾鰭那個地方打結，接著船隻開始慢慢移動，拖著海洋巨人死氣沉沉的身體往海裡前進。

「他們要怎麼處理鯨魚啊？」我問著一名漁人；他兩手拿著羊毛帽，望著船隻緩緩離去。

「讓牠有尊嚴地離開。等船開到海灣南端，靠近大海的出海口時，他們會在鯨魚身上切出口子把空氣排光，讓牠沉到冰冷黑暗的海底。」漁人輕聲說道。

不久後，船隻和鯨魚的身影，便消失在遠處島嶼模糊的輪廓間；岸邊的人群離開了，只有個小男孩仍定定地望著大海。我走近他身邊，看到他烏黑的雙眼牢牢地看向地平線，兩顆淚珠從他的臉龐滑落下來。

「我也很難過。你是這裡人嗎？」我用這句話來當開場白。

小男孩回答我之前，先在鵝卵石岸上席地而坐，我也坐了下來。

「當然是。我是**拉夫肯切**。你知道那是什麼意思嗎？」男孩問道。

「海人。」我回答。

「那你呢。你為什麼會難過？」男孩好奇地問。

「因為鯨魚啊。不曉得牠怎麼會死掉？」

「對你來說，只是一頭死掉的鯨魚，但對我來說意義更重大。你的難過和我的悲傷不一樣。」

在潮汐往復的陪伴下，我們靜靜坐了好一會兒，然後男孩拿了個比他的手還大的東西給我。

那是個鮑魚殼，鮑魚是一種很多人喜歡吃的海生貝類，外殼像石頭一樣堅硬，殼的內側是漂亮的珍珠白。

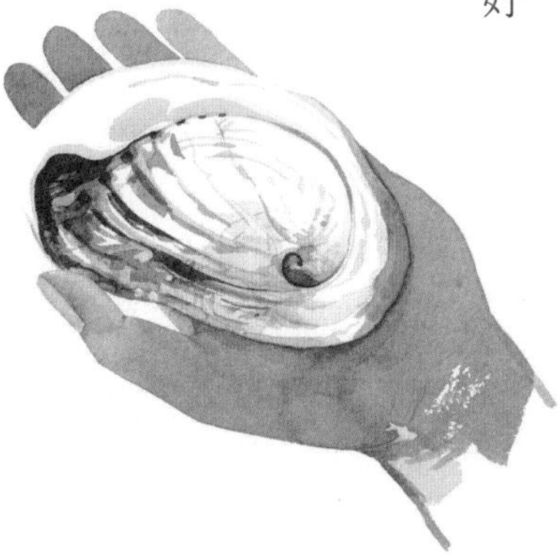

「把貝殼貼在你耳朵旁邊，鯨魚就會對你說話。」拉夫肯切小男孩說完後，沿著深色的鵝卵石海岸快步離開。

我照他說的做了。在世界南端的灰暗天空下，我聽見有一個聲音，用大海古老的語言在對我說話。

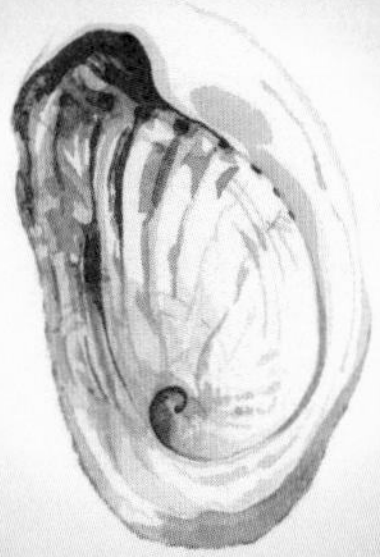

鯨魚說

二、關於人類的回憶

一直以來，人類就因爲我體型龐大無法征服，而感到害怕不安。這麼大的動物能做什麼用呢？自古以來人類都如此自問，而從人們第一次靠近大海的時候，我便開始觀察人類，發現他們的身體不適合潛入深海，但可以藉著浮在水面上的東西，來挑戰海上的風浪。

就這樣，我看著人類用四塊脆弱的板子浮在水面上移動，我們謹愼地保持距離彼此對望；人類的目光驚疑不定，而我則眼帶好奇，爲人類的努力感到訝異。我很佩服他們堅持面對大海的勇氣，因爲人類的船隻太脆弱，風浪沖往礁岩時，承受不了衝擊；開進清淺的小海灣後，也抵擋不了尖銳的珊瑚礁摩擦。

我看著他們頑強地航行著；雖然人類總是不敢距離岸邊太遠，害怕面對地平線的挑戰，但我對自己說，他們總有一天能學會的。

人類很快就學會如何在海上移動，接著又把在海上所學到的航行知識散布出去。當年，我這頭月白色鯨魚，也是這樣跟其他鯨魚學習海流與潮汐的祕密。

在海上航行的人以倍數增加。人類的船隻愈來愈大，他們掌握了一門技術，一種叫做風帆的輕盈面料來利用風力前進；不久後，人類又發現在海上，可以透過天上的星星來指引方向。從此之後，人類就敢在黑暗中航行，不再懼怕地平線了。

有時候，我們會在孤寂廣闊的大海上相遇，我這頭月白色鯨魚浮上海面呼吸時，會見到他們驚訝地出現在船舷邊。當船員指著我大喊：「那裡有白鯨！」時，我眼中看到的不是威脅，只有驚訝。

我從不會太靠近他們的船隻。我尊重人類的勇氣，認爲他們也是大海的居民。

在海風與海流帶來的冷暖之間，時間便這麼過去了。人們汲汲營營於未知的命運，鯨魚在苦鹹的海水中度過一生。

鯨魚說

三、白鯨的世界

我是一頭月白色的鯨魚，我住在大海中。我所居住的海域一邊是陸地，太陽從那開始捎來清晰明亮的光線，另一邊是無止盡的海平線，當太陽消失在海平線下的時候，就換星星上來點綴夜空。因爲受到涼流的影響，這一片海域的海水很冷。涼流的源頭來自遙遠的地方，那裡到處都是一片白，海洋成了一大塊鹽白色的石頭，夜晚很長的日子石頭會變大，白晝變長的時候石頭就會縮小。

海域旁的陸地上人類很少，森林則一路延伸到岸邊。我總會潛到其他生物到不了的深海，龐大的肺部讓我可以在海底待上很長一段時間，不用浮到海面來呼吸；然後我會從大海深處浮上來，從背上的氣孔把空氣排出去，接著用肺部吸滿空氣，再度沉入深海。

在黑暗的海底活動時，我會從頭部發出滴答聲傳出去，滴答聲傳回來的時候，就能告訴我哪裡有障礙物。這種滴答聲威力強大，還可以幫我捕食我最喜歡吃的魷魚。當我靠近海平面游動時，會用一隻眼睛觀察岸邊，另一隻眼睛看向海平線。

當我愈深入冰涼的海域時，廣大的陸地就慢慢變成了小島，島嶼間有深沉黑暗的海峽，海岸也變成高聳的峽灣。這裡海水平靜，適合向母鯨求愛和交配。

我是一頭月白色的公抹香鯨，是居住在峽灣和島嶼的鯨魚品種。在古老的過去裡，這裡也曾有其他月白色的公抹香鯨從深海浮上來，高高地向天際騰空一躍，接著背部入水激起浪花，再擺動尾鰭沉潛到海底，緊接著再度快速躍出海面，藉此來展現牠們的活力。這群公鯨的能力感動了母鯨，母鯨與公鯨交配後產下了我。我這頭月白色的鯨魚，誕生在人類稱爲莫查島的冰冷海域裡，我繼承了我們這族群裡所有公鯨的力量與活力。我在母親和所有公鯨的保護下，吸吮母親濃郁的奶水長大，直到我長得夠大了以後，便成爲大海裡最大的生物——活在絕對孤寂中的生物。

我的世界是一片寂靜。海面下沒有任何生物會大吼大叫或尖叫咕噥，只有我們這種大型生物才會偶爾打破寂靜。我是會發出滴答聲的抹香鯨，藍鯨和領航鯨則是透過一系列鯨歌來指引方向，牠們美妙的鯨歌總能替孤寂的夜晚帶來一絲歡樂，游速飛快的海豚利用哨音彼此溝通，並在長途跋涉時維持團體行動。除此之外，深海裡什麼聲音都沒有。然而在海面上，總有不間斷的風聲、海濤聲、海鷗和鸕鶿的叫聲，偶爾還能聽到人類的聲音，他們是最不適合海上生活的生物。

四、從人類身上學到的

我從廣闊的大海上，遠遠地看到一艘人類的大船。那是一艘很美的船，船上有三根柱子指向天空，柱子上掛著被風吹成弧形的帆。船隻優雅地航行在海浪間，甲板上的水手專注地維持船隻正常航行。

我沉到海中往前進，游到船隻附近後再浮起來，陪著他們背風航行。他們看見我了，我聽到他們驚訝的聲音。是白鯨耶！但接著有尖銳哨音催他們離開船舷，他們又回到自己的工作崗位上。

這不是我第一次接近人類的船隻，聽到他們的讚嘆聲總令我欣喜不已。我好幾次在潛入水中前，躍出水面擺動尾鰭跟他們打招呼。那艘船上的人態度很奇怪，令我自問他們是不是已經習慣在海上看到鯨魚了。對我來說，我經常看到他們的船隻開往炎熱或冰涼的海域，因爲我居住的這片海洋連接著另一片海，那裡我從來沒去過，也絕對不會冒險過去，因爲那邊的海浪威力強大，要是被浪頭沖得撞上礁岩，很容易粉身碎骨。人類把這連結兩片海域的地方稱爲合恩角[1]，是令人戰慄的可怕地方。

雖然那些航海者態度冷淡，但我還是決定多陪他們一段路；當我第四次浮上水面的時候，看到另一艘船從同一個方向開過來。

那也是一艘器宇軒昂的大船，船上張著滿帆，所以速度比第一艘船更快，一下子就追上去了。我很好奇人類在海上彼此相遇時會是什麼情況。我們鯨魚碰面的時候總是很開心，不管是爲了交配，還是爲了保護要生產的母鯨和剛出生的小鯨，我們都會繞著圈圈轉、跳出水

1　合恩角：位於南美智利火山群島的南端。

面再用背部入水、擺動尾鰭在水面下游泳。我們用大力呼氣的聲音、翻滾、歌唱和發出滴答聲來表達相逢的欣喜。人類會用什麼方式來表達見面時的喜悅呢？

當比較快的那艘船追上第一艘船時，傳來了一個很大的聲音，聽起來就像暴風雨時烏雲的怒吼，比撕裂天際、擊向岩石或海浪的電光更可怕。就算人類見面時有任何喜悅之情，也全被那聲音震懾地煙消雲散。

兩艘船的側邊出現了好幾個會噴火的黑色口子，不斷重複發出那令人畏懼的聲音。第一艘船很快就燒了起來，船上著火的碎片紛紛落入海中，掛著帆的柱子撐不住了，在甲板上的人們，在驚慌失措的尖叫咒罵聲中倒下。

半毀的第一艘船立刻就沉了，第二艘船上的人一邊離開，一邊興奮大吼著慶祝勝利。水面上漂著許多戰敗者的身軀，有些人試著想讓自己浮在水面上，但很快就不敵疲勞，成爲海面上動也不動的汙漬，隨波逐流地漂盪著。

我覺得人類在海上會面時的行爲很奇怪。身形最小的沙丁魚不會攻擊另一隻沙丁魚，動作慢吞吞的烏龜不會攻擊另一隻烏龜，迅捷的鯊魚也不會攻擊另一隻鯊魚。人類似乎是唯一會攻擊同類的物種，我一點也不喜歡從他們身上學到的事。

五、與另一頭鯨魚相遇

在天空晴朗、海面平靜的一天，我前往較冷的海域尋找魷魚群。我一隻眼睛看著遙遠的海岸，另一隻眼睛看向海平線；這時天空萬里無雲，碧海連天。

我沉入水中時，聽到一頭認識的領航鯨的歌聲，但不是呼喚鯨群前往食物豐富海域的歌聲，也不是哀悼鯨魚死亡的悲鳴。

當領航鯨的幼鯨喪生時，牠的母親或祖母，或者年老無法再生育的母鯨，會一連數天用嘴巴叼著幼鯨的身體，直到遺體不再柔韌有彈性，開始慢慢碎裂，等到遺體不會浮到海面上隨波逐流時，母鯨才會鬆口，讓遺體沉入深海歸於寧靜。其他母領航鯨會唱著輓歌陪伴那頭鯨魚，一方面是爲了維持團體的凝聚力，另一方面也爲了嚇阻其他獵食者。在母鯨運送死亡幼鯨的遺體時，往往因爲數日無法進食而虛弱無力。

那頭母領航鯨的歌聲既不是呼喚也不是哀悼，是痛苦的呼喊。我沉入水中發出滴答聲，讓無形的聲音穿透深沉大海，一接到回音就立刻朝牠的方向前進。

我發現牠時，牠半個身體都浮在海面上，背上叉著一根竿子，竿子上綁了一段繩子和一個吊環。

我慢慢地移動到牠身側，尋找牠的眼睛好讓牠可以看著我。和龐大的身軀相比之下，鯨魚的眼睛顯得特別小，無論哪個品種的鯨魚都一樣。我們除了利用歌聲或滴答聲溝通外，更透過眼睛交流，用雙眼反映我們所目睹的事物。

我在領航鯨的眼中看到，牠背上的竿子叫做魚叉，是人類發明的東西。

我在領航鯨的眼睛中，看到魚叉穿透了牠的肺，令牠幾乎無法呼吸。

我在領航鯨的眼中，看到一項警告：人類開始獵捕我們了，很多船隻出海的目的就是爲了捕殺我們，船上那些人就叫捕鯨人。

我在領航鯨的眼中，再也看不到什麼了。牠受傷的肺不再發出困難的呼吸聲，深沉的寂靜取代了一切。不久後，我聽到其他領航鯨的哀鳴不斷迴盪，牠們靠過來，往下沉又再度浮上海面，哀傷地繞著圈圈移動，直到大海完全吞噬了死鯨的遺體。

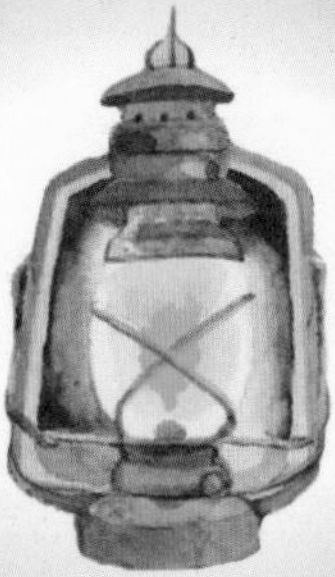

六、人類的動機

經過領航鯨事件後，我回到莫查島附近的海域找我的同伴。在我離開期間，一頭母鯨生了隻幼鯨，當時母鯨正在哺乳，身旁有兩頭公鯨和好幾頭母鯨陪伴護衛著。

我靠近最年長的那頭公鯨，牠曾多次暫時放下孤寂的生活，爲回應鯨群求偶或照顧幼鯨的呼喚而回到鯨群裡。從牠身上數以百計的寄生動物，就能知道牠年紀很大了。我們身上常常會有很小的螃蟹和藤壺。這些小東西雖然黏在我們身上，但並不會影響我們，因爲牠們會吃掉黏在我們皮膚上的海草；當我們浮在海面上的時候，牠們就成了海鳥的食物。

我滿懷敬意地游到老鯨魚身側，讓牠從我眼中看看我所見的事物，然後牠向我傳達了一個必須迫切理解的回應。

我目睹的一切對牠來說都不是新鮮事。跟我一樣有著月白色皮膚的老抹香鯨，還有我們這族世世代代的其他鯨魚，都曾經見識過人類勇敢挑戰大海。起先他們只有簡陋的小船，後來人類造的船愈來愈大，最後他們不再恐懼，更頻繁地挑戰大海。

老抹香鯨透過他的眼睛告訴我，當年第一個警告他捕鯨人很危險的，是與牠一同出行的藍鯨。老抹香鯨好奇想知道更多，於是藍鯨叫牠游到更溫暖、更靠近人類住處的水域。

牠們兩個貼著水面前進，有時浮上來呼吸後再沉入水面，就這樣重複了好多次之後，來到一個老抹香鯨覺得奇怪但又美麗的海岸，因爲在那邊，又白又亮的星星好像成爲了人類的同伴。

藍鯨告訴他發亮的不是星星，人類說那些東西叫燈火，燈火裡燒

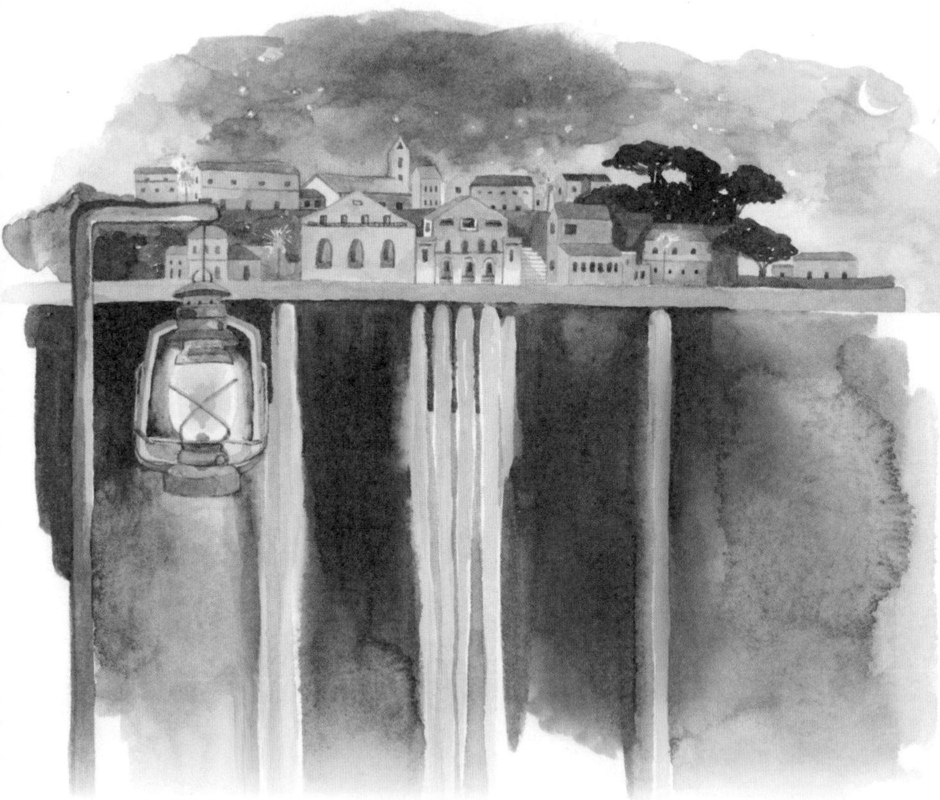

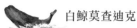

的，就是從我們身上取來的東西。

人類獵捕我們不是要吃我們的肉，是要拿我們內臟裡的油來點亮他們住的地方。人類屠殺我們不是因爲害怕我們這個種族，是因爲人類怕黑，而我們鯨魚身上的油可以讓人類脫離黑暗。

我心想，人類是渺小卻殘酷無情的敵人。但我在老抹香鯨的眼裡看到，在比莫查島更遠的海岸邊，還有另一群不一樣的人類，叫做「拉夫肯切」，或者說「海人」。

他們只在岸邊拿取維生所需的資源，並遵循古老的儀式感謝大海慷慨的恩賜。等他們拿取足夠的食物後，有些人便會走到一旁的森林邊——他們稱森林爲**列木**，請求森林讓他們拾取樹木的枝幹，然後在海灘升起篝火，點亮湧動的海水。我們鯨魚和海豚會靠過去，躍出海面跟海人打招呼，他們也會以歡呼聲回應我們。

但不是所有人類都跟海人一樣。我們鯨豚都曾聽過海人憂心忡忡地提到，來自遠方的其他人類步步逼近。那些陌生人任意向森林、大海和陸地奪取資源，下手前從不會向大自然請求，得手後也沒有表露出絲毫感謝之意。那些忘恩負義的貪婪人類，跟捕鯨人是同一種人。

那麼，老抹香鯨的眼睛說道：這麼一來，是時候該離開這片水域，躲到更廣闊的大海裡了。等幼鯨一斷奶我們就走，走得遠遠地去等待。

我透過警戒的眼神問他要等什麼。

等你，老鯨魚的眼神說。接著他眼睛一閉，不再有其他回應。

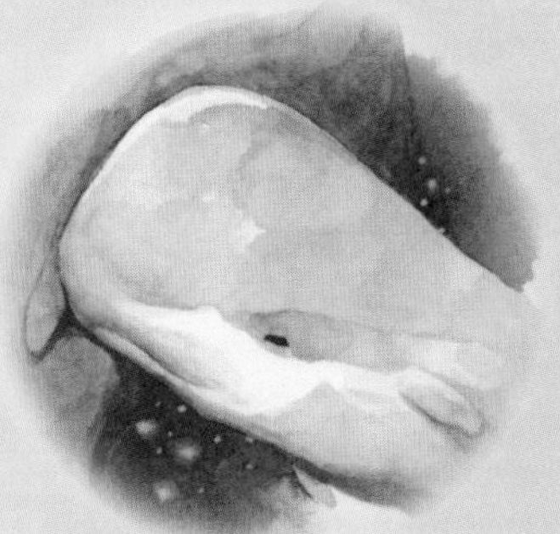

七、海中最大的祕密

隨著四季更迭，白天變得愈來愈短，日光也愈來愈黯淡，候鳥成群地往更溫暖的地方飛去了。在傾盆大雨模糊了海岸線的那一天，幼鯨離乳了。

他的身軀已經有成年抹香鯨的三分之二大小，已經準備好出發前往廣袤的大海了。

我也覺得自己夠強壯了，躍躍欲試想前往更深的海域。我也準備好迎接漫長的孤寂時光，唯一的例外便是老抹香鯨的滴答呼喚。不管距離多遠、不管他爲什麼召喚大家，只要一聽到這聲音我便會立刻趕過去，因爲其他鯨魚也會在那裡等我。

母鯨、公鯨和長大的幼鯨分頭離開，直到海面上再也看不到牠們的蹤影。只有老抹香鯨和我留在屬於我們的海域裡。

這次，是老抹香鯨靠過來，一隻眼睛定定地看著我的眼睛。

你想知道爲什麼我們要等你，老抹香鯨的眼睛開始說道。我要告訴你一個祕密，一個海中最大的祕密，但說之前我必須讓你瞭解一些事情，那是我從跟我一樣老的鯨魚身上學到的，他也是從跟他一樣老的鯨魚身上學到的。

你不會展開穿越海洋的大遷徙，或者說，你的旅途暫時還不會那麼遙遠。你知道，在人類稱爲莫查島的地方，只有鳥類和森林裡的小動物。你也知道，沒有任何鯨豚居住在小島和海岸間的水域，不是因爲那邊的水太淺，也不是因爲那邊水流混亂，會把我們沖到岩石上。是因爲某種我們不曉得也不瞭解的原因，居住在那片陸地上的人類，那些「拉夫肯切」，或者說海人，已經知道陌生人會來了；那些陌生人即使沒有需求也要掠奪資源。那些屠殺我們的捕鯨人，殺害我們只是爲了取得我們身體裡的油脂來點燈。

海人拉夫肯切知道還會有更多陌生人過來，知道他們的貪婪毫無止境，而且他們威力強大，沒有任何武力足以抵抗他們。所以海人也準備進行一場大遷徙，前往海平線的另一邊，那是無論再怎麼強壯的鯨魚，也從來沒去過的地方；是太陽所在的地方，不管陌生人的船艦再大再快都到不了的地方。雖然拉夫肯切心意已決，但他們畢竟是人類，游不了多久便會筋疲力盡，他們無法沉入水中來加快速度，他們在深海裡找不到方向，也不曉得怎麼發出滴答聲來探測黑暗中的障礙物。但是他們所有人，天生就知道前往海平線另一邊的方向，知道怎麼抵達陌生人、入侵者和捕鯨人到不了的地方。

在莫查島和海岸邊的水域裡住著四頭年長的母鯨，從開天闢地之初她們就住在那裡了。她們是獨一無二的**涓菩卡威**（鯨魚）。她們只有晚上的時候才會出現，白天她們是四名年長的海人婦女，當太陽消失在遙遠的海平線之後，她們就會走到岸邊潛入水中，等過一段時間再浮上來的時候，就已經變成四頭鯨魚了。她們的使命，就是爲大遷徙做好一切準備。

這些你聽得懂嗎？老抹香鯨的眼睛問我。你必須知道，從有大海以來，鯨魚和海人就達成了一項協定。我們鯨魚身強體壯，他們人類瘦小脆弱；我們鯨魚可以游得很遠，但只有他們海人才知道正確的方向，可以帶我們抵達安全的地方。

鯨魚死亡的時候我們會覺得悲傷，會陪伴牠的遺體，直到遺體沉入海底。海人死亡的時候，他們也會覺得心痛、哀戚，他們會在入夜時將遺體帶到海邊，因爲他們知道會有一頭涓菩卡威，一頭老鯨魚將遺體載運到島上。在那裡，亡者會像螃蟹換殼一樣捨棄肉體，他會變得跟空氣一樣輕盈，並與族裡先前過世的其他亡靈一起等待。

海人也將那座島稱爲**恩虔麥威**，是展開大遷徙前集合的地方。

總有一天，最後一名海人也會死亡。因爲那時候只剩下他一個人，所以他會在岸邊，選出浪最小的地方等待死亡到來。他會在晚上死去，好讓四頭涓菩卡威老鯨魚執行最後一趟旅程，將他載到小島上。屆時，所有海人終於能夠相聚，如風般輕盈的靈魂會坐上四頭老鯨魚的背脊，展開大遷徙。我們所有鯨魚和海豚會陪伴他們，當他們最強而有力的護衛，帶他們遠離所有威脅。

年輕的月白抹香鯨啊，你的任務，是棲身在莫查島和大陸間的水域，照顧那四頭年老的鯨魚，我們會在廣闊的大海等待最終的旅程。

年老的抹香鯨說完後，便立刻擺動尾鰭，潛入深海。

我，是一頭月白色的抹香鯨，我深吸了一口氣，前往小島。

069　七、海中最大的祕密

八、莫查島與岸邊之間的生活

莫查島與海岸間有一道寬廣的海峽。在風平浪靜、海流緩慢的日子裡，我會在海峽間游來游去。在這裡我不缺食物，因爲當魷魚和章魚離開他們海底的巢穴時，會被海流成群地帶到這裡。天氣晴朗時我會浮上來，讓半個身子露出水面，用一隻眼睛觀察岸邊的海人。退潮的時候，他們會過來撿拾貽貝、蛤蜊，撬下岩石上的帽貝，或者到岸邊那面用石頭築起來的小牆，興高采烈地撿取潮水退去後困在石牆裡的小魚。

我另一隻眼睛看著島上濃密的植被和高聳的樹木。只有海鳥的叫聲，才偶爾打破如濃霧般籠罩島上的寂靜。在毫無人煙的鵝卵石海灘上，有時可以見到海獅躺在上面休息、翻滾。

每到晚上我便會尋找那四頭老鯨魚的蹤影，但總是找不到，我開

始覺得老抹香鯨可能弄錯了，我沒必要繼續待在這裡。直到一個滿月漲潮的夜晚，我聽到一陣悲鳴，是海人的哀嘆，我看到好幾個海人扛著一名死者的遺體來到岸邊。

他們讓遺體臉朝上放在水邊，遺體雙臂大張，兩手各握著五顆石頭，在星月光輝下閃閃發亮。

「涓菩卡威！」他們朝附近森林的陰影大喊，接著紛紛離開。當最後一個人回到家中的時候，陰影中出現四名老婦人，邁著沉重疲憊的步伐走向海灘。她們全身赤裸，長長的白髮拖在身後，來到躺臥著的遺體前。她們咕噥著取走遺體手中亮晶晶的石頭，其中一人快速走到水裡，全身浸入水中，不久後就有一頭鯨魚浮了上來，那鯨魚看起來小小的，像一頭領航鯨，皮膚是深色的。牠游到岸邊，其他三位老婦將遺體安放到鯨魚的背上。

三人立刻沒入水中，四頭鯨魚一起貼著水面朝島嶼游去。她們的尾鰭拍著水面，打散了月亮在海面上的倒影。

她們的身軀承載著歲月的痕跡，全身上下布滿了各種寄生物，像是帽貝、螃蟹、海星、藤壺和各種顏色、大小的軟體動物，還有上百顆亮晶晶的石頭，就是海人拿來支付運送遺體到島上的那種石頭。

任務完成後，四頭年老的鯨魚回到陸地，她們一接觸到海岸身形就開始變小，寬大的背脊消失了，轉化成疲憊的背部；活力充沛的尾鰭變成瘦弱無力的雙腿。她們拖著長長的白髮，緩緩走入黑暗的森林裡消失不見。

我見證了好多次老鯨魚將遺體從海邊馱到島上的旅程。但我也觀察到拉夫肯切人口眾多，他們的幼兒緩慢而歡樂地成長，讓我明白在最後一名海人準備展開最終的旅程之前，我還有漫長的守護工作要做。

九、等待的時光

四季不斷變換，風和日麗和狂風暴雨的天氣來來去去。當夜晚降臨的時候，我便游進岸邊和島嶼間的水道，從一端游向另一端，或者陪伴四頭年老的鯨魚進行她們的送葬之旅，她們浮到水面上換氣時，會以噴氣聲向我表達感謝之意。

當曙光初現，唯一名叫太陽的星體出現在天空中時，我便遠離海峽，進入開闊的大海。在兩片水域交接的地方，我深吸一口氣，放鬆我守了一整夜的疲憊身軀，讓頭部貼近水面，一動也不動，身體維持幾近垂直的姿勢，那裡是我可以睡覺的地方。

我做了個夢。

我在夢裡見到所有鯨魚要跟著拉夫肯切一起去的地方。在太陽的故鄉，大海永遠澄澈平靜，海裡有吃不完的魷魚群，交配不會受風浪

的影響。在沒有任何威脅的環境裡，小至體型最嬌小的小鬚鯨，到身軀龐大的長鬚鯨、抹香鯨、露脊鯨，都可以自由自在地展示牠們壯碩或渺小的身形。海中有豐富的微生物，是藍鯨、座頭鯨和各種鬚鯨的天堂。他們可以在海中張大嘴巴，透過鯨鬚排出海水，把美味的磷蝦留在喉嚨裡。雖然銀背海豚和有著長牙的長槍鯨，會彼此競爭躲在海沙底下的比目魚，但搶不到的話也就算了，不會引發紛爭。

有時在昏沉的睡夢中，我會感覺到有船隻接近，不過，我保持垂直的姿勢，只有一小塊頭部像岩石一樣露出海面，所以人類不會看到我，而我能聽到他們的聲音。

我在寂靜中沉默地聆聽他們，知道有許多船隻出海要屠殺我們，爲的不只是他們要用的燈油，還要奪取保護我們身體的油脂，以及一種他們稱做龍涎香的珍貴物質，人類用這種東西把鮮花和香草的香氣保留在淡水中。他們全身塗滿這種芬芳的水，來掩藏他們身上眞正的氣味。

太陽落下，將海平線染成一片赤紅的時候，我便再度回到島嶼和岸邊的水道，繼續守護和照顧四頭老鯨魚的工作，我繼續等待著。

十、第一次接觸

在一個暴風雨的晚上，拉夫肯切完成了安置死者遺體的儀式，放在岸邊的遺體飽受狂風暴雨吹襲。他們把遺體的雙臂攤開，兩手中各握著五顆亮亮的石頭，映照出打在島嶼上的雷光。

他們在傾盆大雨中大喊：「涓菩卡威！」四位披著長長白髮的老婦人再度出現，這次一樣也是其中一人先走入水中，變成鯨魚再浮上來，另外三人將遺體放到鯨魚背脊上，接著也踏入洶湧的海水裡。

我守護著四頭老鯨魚和她們載運的遺體，一隻眼睛看著海上的大浪，另一隻眼睛看到有一艘燈火通明的船，在風雨中開進了海峽。

一開始我以爲那只是一艘要前往島嶼躲避風浪的船，但接著我在狂風暴雨中，聽到船上一名人類大吼著：

「船頭有鯨魚！」那人大叫道，船上立刻揚起更多船帆，乘風加速往我們這邊開過來。

我跟四頭老鯨魚正好游到島嶼和岸邊的中間。我一隻眼睛看著老鯨魚緩緩前進，對身旁危險毫無所覺。另一隻眼睛看著捕鯨船步步逼近。

我從未直接面對過捕鯨人，不曉得自己究竟該怎麼辦。我最先想到的是要攻擊他們，但船隻和我的距離太近，我要是潛得不夠深、衝得不夠快，就沒有足夠的力道和速度來攻擊牠們。這時我想到拉夫肯切曾經說過的話。

海人說那群陌生人很貪心，總是想拿得更多。而我這頭月白色的抹香鯨，體積比那四頭老鯨魚還大得更多。

我潛入水中朝船隻游去，在我躍出海面時正好有一道閃電打亮夜空，我看到甲板上的人立刻衝往船舷。

「右舷那邊有鯨魚，很大一頭！」一人叫道。

我用力在水中甩了三下尾鰭來挑戰他們，成功把船甩偏了航道，讓船頭對著我。

我等他們更靠近我一點之後，才潛入水中再跳出來，這次我全身都躍出水面，讓他們在黑暗的暴風雨夜裡，能好好看清楚我的體積。我就這樣一再地跳出來又消失，有時候靜靜地浮在水面上，讓船隻一路緊跟著我，直到我們離開海峽，進入開闊的海面。

到了黎明時分，暴風雨已經平息了，人類依然不屈不撓地追趕我。他們的船很大，所以行動緩慢，跟不上我的速度；而我可以在水下靈活改變方向，出現在船另一側嚇他們一跳。我在離船很近的地方浮起來又沉下去幾次之後，覺得我必須知道他們是如何捕殺我們的，我得瞭解他們的行爲、強項和弱點。因此，在最後一次浮上來的時候，我就靜靜地待在水面上。

他們利用繩索在船的一側放下小船，接著五名男子登上小船。他們拿四根模仿魚鰭形狀的桿子推動小船向我靠近。其中一人站立起來，手裡高舉著插在領航鯨背上的那種桿子。是魚叉。

我懂他們是怎麼攻擊的了。他們搭的那種小船可以快速移動，還能輕易地改變方向。

我想要更瞭解他們，所以開始圍著小船繞圈圈。我換氣下沉時眼睛一直盯著他們。我在深海裡轉身，突然出現在他們意料不到的地方。船上的人憤怒地轉向，手持魚叉的人不斷地要求加快速度。

我已經很瞭解捕鯨人了，他們很貪心，想要捕獲我這頭更大的月白色抹香鯨。我利用人類的貪婪，把他們引到離四頭老鯨魚更遠的地方。現在我只需要知道他們害怕的是什麼。

我深吸一大口氣，一路潛到深深的海底，再從海底加速，從小船邊上用力一跳。我整個身體都躍向空中，下來的時候打出一道巨浪，打翻整艘小船。

我看著他們絕望地游到翻覆的小船上。然後，當我要離開時，聽到了捕鯨人給我取的名字。

我們會再回來抓你的，莫查迪克！手持魚叉的那人吼道。他憤恨的聲音宣告了之後事情的發展。

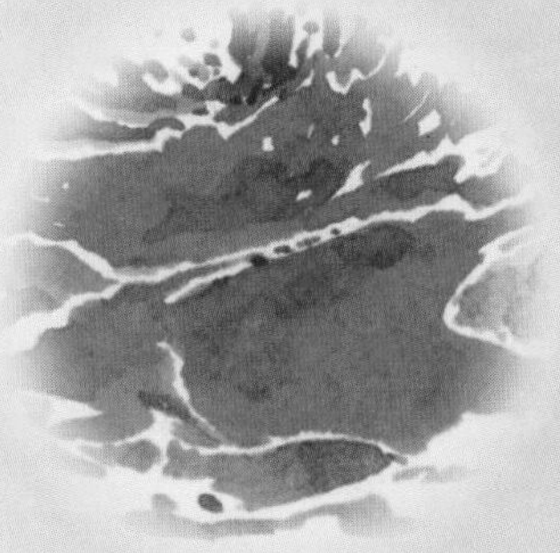

鯨魚說

十一、捕鯨人圍捕

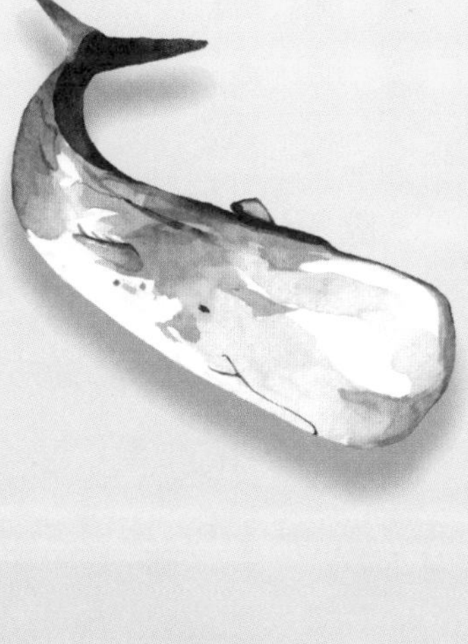

捕鯨人叫我莫查迪克，大概是因爲他們第一次看到我的地方，是莫查島附近的海域吧。我依然在夜裡守護四頭老鯨魚，在白天游回開闊的大海。

行動敏捷的海豚告訴我，有愈來愈多船從連接兩片大洋的海峽那邊開過來，目的就是爲了要屠殺我們。

他們有提到你，海豚們說。他們叫你莫查迪克，有人也叫你大白鯨，還有人提供獎金給能殺掉你的船隊。

我在無意中，已招來捕鯨人的怨恨。我不去想當時沒殺掉小船上那些人是否做錯了，也不去想不攻擊那艘大船是不是更大的錯誤。我饒了他們一命，結果他們告訴其他捕鯨人我的存在，更糟的是，他們還說在島嶼和岸邊的海峽裡，有更多鯨魚。

我改變了自己的生活習慣。天一亮，我就游向開闊的大海，直到島嶼變成海岸邊的一塊綠色斑點。我一眼盯著遠方通往寒冷水域的地方，另一眼盯著通往溫暖水域的方向。我不眠不休地盯梢。

我們鯨魚有兩種睡覺的方式：一種是在睡夢中讓頭部靠近水面，身體在水中垂直地浮著，或者在兩個水域間讓身體保持水平，讓背脊浮在水面上，身體其他地方維持在水面下。但第二種睡覺方式沒辦法熟睡，也就不能好好休息補充體力。我就這樣待在島嶼和海岸間漆黑的海峽裡，一邊打盹，一邊注意拉夫肯切的呼喚，陪同四頭老鯨魚執行她們的任務。

當我看到船隻逼近時，曾多次游過去挑釁捕鯨人。我會故意在他們的船邊浮出水面，迫使他們追著我航向大海。我已經瞭解他們的行爲模式，因此我保持距離，讓他們無法放下更輕、更好操縱的小船。當我成功吸引他們把船開到看不見岸邊的地方時，我便潛入最深最黑暗的海底，快速回到海岸和島嶼的附近。

時光不斷流逝，沒有任何事情能打斷我執行守護的任務，直到晝短夜長的季節再次到來。有一天清晨，在天空還灰濛濛的，海上吹著微風的時候，我聽到一隻座頭鯨的歌聲，那是求救的呼喊。當座頭鯨吃飽喝足，身上儲存足夠的脂肪後，便會從寒冷水域前往較溫暖的水域，在那裡生產、哺乳，向幼鯨傳授大海的祕密。他們出發時會唱起鯨歌來維持團體的一致性。可是這時我聽到的鯨歌跟以往大不相同。

我循聲而去，一見到她就明白她唱歌的原因了。那頭座頭鯨剛分娩完，所以沒跟上團隊。幼鯨還依附在母鯨身旁，歡快地吸吮著從母鯨乳頭分泌出、幾近固狀的濃稠乳汁。

剛分娩完的母鯨十分疲憊，加上幼鯨還無法脫離母鯨，因此那頭座頭鯨是靜止不動的。我猜想那群前往溫暖水域的座頭鯨群距離這裡應該還不遠，所以我潛入水中發出滴答聲，想找找看鯨群在哪裡。

我在水裡待了很長一段時間，發出好幾次滴答聲，但從收到的回音裡，完全聽不出來海裡還有其他鯨魚的蹤影。

當我和座頭鯨母子一起浮上來換氣時，發現剛剛自己全然喪失警戒，捕鯨人已經來到我們身邊，現在已經來不及逃了。

我背部一側感到一陣劇痛。魚叉插中我了，我唯一能做的就是再次潛入海中。我游到深海，用力晃動身體想甩掉插在我皮肉中的棍子，但是沒有用，因爲捕鯨人在魚叉上繫著繩索，綁著吊環，目的就是要對我造成更深的傷害，讓我精疲力竭。

我浮上海面換氣，再深吸一大口氣，看到捕鯨人也傷了那頭母座頭鯨。人類利用繩索把母鯨吊到大船上，幼鯨也沒有逃過同樣的命運。座頭鯨母子還在掙扎時，就慘遭人類支解。牠們母子的鮮血如暴雨般從船舷滴入大海，將海面染得一片豔紅。

用魚叉攻擊我的那些捕鯨人正逐漸逼近。當時我便理解了，從他們身上我再也學不到其他的東西。他們搭的小船叫做小艇，推動小艇移動和變換方向的東西叫做槳，負責拋擲尖銳魚叉的人叫做魚叉手，刺傷我背脊的就是魚叉，而激發他們出海捕鯨的，是對我們大型海洋生物的恨意。

魚叉手揮舞著手中鋒利的武器，準備發出最後一擊。我得快速行

動。

我在離船很近的地方潛了下去，然後快速垂直往下，直到游了我身長二十倍左右的距離後轉身，出水時對準船的龍骨奮力一撞。

我抬頭一撞把船撞成兩半，我憤怒地用尾巴拍打落水呼救的人類。有些人試圖游往更大的那艘船，我一次又一次地用背鰭攻擊他們。我看著大船張滿帆快速開走，來躲避我復仇的怒火，完全不管小艇上那五人是死是活。

我也離開了，我不知道究竟是我所看到的一切比較令人心痛，還是插在我背上的魚叉更加讓我肉痛。我朝著海峽游去，身後拖著魚叉上繫著的吊環和一段繩索，還有繩索另一端繫著的一塊小艇遺骸。一道血跡從我的背上流淌而下，落入大海中消失不見。

十二、四頭老鯨魚

暴風雨隨著黑暗降臨，狂風掀起巨浪，暗夜暴雨落入洶湧的海潮中，令人幾乎看不到海岸。我冒著被大浪拖到岸上擱淺的風險，游到岸邊尋求幫助。

我在拉夫肯切的房子前不斷跳躍，在風暴聲中發出滴答聲。我不曉得自己究竟在水裡跳了幾次之後，才終於有一群拉夫肯切跑到岸邊，看到是我之後，才喊出我等待已久的聲音：

涓菩卡威！

四名老婦在一片暴雨中從森林裡走了出來，長長的白髮貼在她們佝僂的身軀上。四人同時走入海中，很快地來到我的身邊。

一頭老鯨魚游到我一隻眼睛旁，另外三頭鯨魚用嘴巴啣起我拖著的繩索，以免沉重的繩環繼續拉扯插在我身側的魚叉，讓傷口變得更

深更痛。

幸運的是，四頭老鯨魚跟我一樣都是齒鯨，能夠把繩索咬斷。

感謝你，身形龐大的月白色抹香鯨，我們知道你是我們的守護者。老鯨魚的眼睛這麼說道。

我不知道回應座頭鯨的呼喚是不是對的，我不只自己以身涉險，也將各位暴露在危險之中。我定定的看著老鯨魚的眼睛回答道。

不管是我們還是拉夫肯切，都沒有人可以批評你。休息吧，恢復你的活力，然後完成你所承諾的任務。老鯨魚說完後，四頭鯨魚便一起回到岸邊。

在我擺脫沉重的負擔後，痛苦減輕許多。海裡的鹽分幫助傷口癒合，而魚叉也慢慢成爲我身體的一部分。

那天晚上，在狂風暴雨的保護下，我終於在岸邊和島嶼間的海峽裡沉沉睡去。

鯨魚說

十三、最後一次說話

一次又一次地，我看著四頭老鯨魚將遺體載運到島上；一次又一次地，我在開闊的大海上迎戰捕鯨人，把他們趕到遠離海峽的地方。我身上插了許多支魚叉，幸運的是，除了我已經學會忍受的疼痛以外，魚叉沒有對我造成其他傷害。面對一心想殺死我的捕鯨人，我把魚叉當成驅逐他們所必須付出的代價。

我對人類的堅持和固執感到驚訝，我想知道他們來自哪裡，想知道究竟是在海洋還是陸地上的某處有那麼多人，還想知道他們的野心是否會有滿足的一天。

有一天，風平浪靜，只有天上的微風在水面捲起小小的波紋。一隻身軀龐大的信天翁在我頭頂上方鳴叫，接著張開牠巨大的翅膀，優雅地滑翔降落在我身邊。

牠收起翅膀，落在我一隻眼睛前的水面上，這樣我才能看到牠的眼睛。

人稱莫查迪克的龐大月白色抹香鯨啊，我向你問好，信天翁開口說道。你必須知道人類對你又恨又怕，我在你眼中看到你有很多疑問，而我會一一回答。

人類來自遙遠的地方，沒有任何事物能夠阻止他們的野心，就連死亡也阻止不了。人類來自我們從未見過、以後也看不到的地區，人類穿越過跟這片海一樣廣大的海洋，前往一個名叫合恩角的海域，那片海域沿岸，到處都是船隻的殘骸，無數船難遺留下來的沉默殘骸，見證著膽大妄爲的人類，是如何地堅持不懈。

在那些前仆後繼的船上，人人都在討論著你，大白鯨莫查迪克；

人類口中的大白鯨比你實際的體積更大、更強，更殘酷，目的就是要激發人類貪婪的渴望，令經驗不足的船員心生恐懼。

他們會來這裡找你。因爲他們知道這裡是回游的水域，是鯨魚從寒冷水域遷徙到溫暖水域的必經之處，他們知道鯨魚會前往有加拉帕戈斯象龜的小島一帶。在那邊生育下一代；接著，飢餓的鯨魚會沿著原路，回到富含磷蝦、魷魚和章魚的寒冷水域。

他們會毫不留情地，在航行途中沿路屠殺鯨魚、海豚、海獅、海豹、海象、企鵝和海鷗。所有的海洋生物，最終都將落入人類的鍋釜裡，煉成油脂或油膏。

月白色的大抹香鯨啊，你已選擇了偉大的使命，因爲當最後一名拉夫肯切被帶到莫查島上，展開越過地平線的大遷徙時，我們所有的海洋生物都會跟隨著你，前往最純淨、沒有捕鯨人的大海。

大信天翁沒有再說其他的話。他一步跳到我背上，跑了幾步後便展開翅膀，飛向天際。

他所告訴我的一切，非但沒有讓我因任務重大而驕傲自滿，反而令我心中充滿強烈的悲痛，就像當初第一根魚叉刺入身體時的巨痛一樣；而那時，我身上已經插著好幾根魚叉，早已習慣那錐心之痛了。

我睡得愈來愈少，在我游到開闊的大海向捕鯨人挑釁，吸引他們離開海峽時，也感到愈來愈疲倦；每當晚上我昏昏欲睡的時候，心裡總希望最後一名拉夫肯切能趕快死掉。

事情發生得很快。在一個滿月當空、萬里無雲的退潮夜裡，我聽到人們呼喚涓菩卡威的聲音，便從淺眠中醒來。我一邊看著四頭老鯨魚扛著遺體，開始穿越海峽，前往島嶼，同時看見兩艘船艦，分別來到海峽的入口和出口。

在海流的加速下，位在海峽入口處的船速度更快，因此我率先衝向那艘船。我追趕上大船時，捕鯨人已經放了三艘小艇下去，每艘艇上各有四名划槳手和一名魚叉手。天上的滿月照亮了四頭老鯨魚的背脊。

我潛入水中，再從小艇間浮上水面，一支魚叉插在我眼睛附近，另一支魚叉插在我背後，我聞得到自己血液的氣味。我大力拍打尾鰭，摧毀其中兩艘小艇和船員。當我再度入水又出水，準備摧毀第三艘小艇時，心中充滿無邊的恐懼與憤怒。

擋住海峽出口的那艘船也放下了好幾艘小艇，其中一艘正拖著一頭老鯨魚往大船的方向而去，準備將牠拖到大船上。致命的魚叉插在她頭部的正中間；另外兩頭體型較小的老鯨魚，背上也中了好幾支魚叉，正痛苦不堪地掙扎扭動著。四頭老鯨魚中的最後一頭也受了傷，正努力游往小島，完成她們承諾過的使命。

我突然意識到自己犯了大錯，讓祖先、讓拉夫肯切、讓老鯨魚，讓海洋眾生都失望了。我們再也無法展開大遷徙，只能永遠困在大海，不得不四處逃難躲避貪婪的人類。

我潛入了名爲仇恨的未知海域。我在無邊無際的仇恨中，從頭頂發出最強大的滴答聲，撼動整片海洋、震懾所有魚類、軟體動物和螃蟹，和所有水中生物，接著，我向捕鯨人發動攻擊。

我一浮到表面，身上就中了好幾支魚叉，但我毫不在意那疼痛，一艘接著一艘地摧毀他們的小艇。船員抱緊殘骸高聲尖叫，但我絲毫不手下留情，不允許水面上有任何捕鯨人，我不顧他們的求救聲，更不理會他們的求饒。我用尾巴拍死了幾名船員，再用下顎緊緊咬住其他人，直到我在水裡感受到他們骨頭碎裂的聲音，接著我立刻深吸一大口氣，憤怒地入水衝向大船。

第一次攻擊，我針對船體迎頭猛攻，在船身上撞出一個大裂口。第二次進攻，我在水線以下也撞出一個大洞，船身朝一邊傾斜，好幾個人落海，有人從船的另外一邊，將最後一艘小艇扔入海中。

第三次衝撞後，船上的竿子都歪了，船帆倒在水面上。整艘船開始下沉，我潛入水中，朝另一艘船游去。我奮力躍出海面，身上的魚叉在滿月下閃閃發光。當我在船的一側入海時，看清了甲板上的人

類。

他們緊抱著彼此，對眼前所見感到驚懼萬分。甲板上躺著的不是鯨魚，是四名老婦人赤身裸體、鮮血淋漓、覆蓋著長長白髮的屍體。

我回到即將遭大海吞噬的船隻遺骸邊。用力拍打緊抓著沉船的倖存者，直到所有人都消失在海浪中。

在最後一艘被扔進水裡的小艇上，船員們絕望地划槳離開，我放他們走了。另一艘反方向的船也升起所有船帆，匆忙逃命而去。

我最後一次游過海岸和莫查島之間的水域，聚集在岸邊的拉夫肯切默默地看著我。他們再也不會高呼「涓菩卡威！」，讓老鯨魚將死者遺體載到島上，前往恩虔麥威，前往大遷徙前的聚集之地；這偉大的旅程再也無法展開了。

我背上插著九支魚叉，開始往廣闊的大海而去，去尋找其他的捕鯨船，因爲我，身形巨大的月白色抹香鯨，令人類戰慄恐懼的莫查迪克，準備大開殺戒。

我，是不眠不休追殺他們的詛咒。

我，是毫無牽掛的狂瀾。

我，是大海無情的殘酷正義。

十四、大海說……

在世界的南端有很多很多的故事。

有人說，一八二零年十一月二十日，在太平洋的海域裡，在智利沿岸和莫查島之間，一頭巨大的白色抹香鯨攻擊埃塞克斯號捕鯨船，造成船隻沉沒；在船難發生十五個月前，埃塞克斯號於北大西洋的南特基港出海。

有人說，那頭巨大的白色抹香鯨攻擊埃塞克斯號的原因，是因爲捕鯨人殺害了一對鯨魚母子。

有人說，最後出動了好幾艘船，才終於捕獲那頭名叫莫查迪克的巨大白色抹香鯨。據說，莫查迪克身長二十六公尺；埃塞克斯號沉沒二十年後，人類才擊斃莫查迪克，當時，牠身上插滿了上百支魚叉。

有人說，在滿月的晚上，從無人居住的莫查島西邊的海岸上，可以看到巨大的月白色抹香鯨從深海浮上水面。

是的，在世界之南有很多、很多故事。

二零一八年八月，
寫於西班牙阿斯圖裏亞斯，
坎達布里亞海前。

國家圖書館出版品預行編目資料

白鯨莫查迪克 / 路易斯．賽普維達（Luis Sepúlveda）著；徐存瑩繪；馮丞云譯. -- 臺中市：晨星，2019.11
面；　公分. --（愛藏本；92）

譯自：Historia de una ballena blanca

ISBN 978-986-443-181-6（平裝）

878.59　　108016094

愛藏本：92

白鯨莫查迪克

Historia de una ballena blanca

作者 | 路易斯・賽普維達（Luis Sepúlveda）
繪者 | 徐存瑩
譯者 | 馮丞云

責任編輯 | 呂曉婕
封面設計 | 鐘文君
美術設計 | 黃偵瑜
文字校潤 | 呂曉婕、陳智杰
作者肖像畫 | 伍迺儀

負責人 | 陳銘民
發行所 | 晨星出版有限公司
行政院新聞局局版台業字第 2500 號
總經銷 | 知己圖書股份有限公司
地址 | 台北市 106 辛亥路一段 30 號 9 樓
TEL：02-23672044 / 23672047　FAX：02-23635741
台中市 407 工業 30 路 1 號
TEL：04-23595819　FAX：04-23595493
E-mail | service@morningstar.com.tw
晨星網路書店 | www.morningstar.com.tw
法律顧問 | 陳思成律師
郵政劃撥 | 15060393　知己圖書股份有限公司
讀者服務專線 | 04-2359-5819#230

印刷 | 上好印刷股份有限公司

出版日期 | 2019 年 11 月 1 日
定價 | 新台幣 199 元
ISBN 978-986-443-181-6